Elisa escuchaba el canto de las ballenas

Premio de literatura infantil y juvenil
CASTILLO
DE LA
LECTURA

Elisa escuchaba el canto de las ballenas

Rubén Hernández Flores

Ilustraciones:
Yadhira Corichi

CASTILLO

COORDINACIÓN DE LA COLECCIÓN CASTILLO DE LA LECTURA:
   Patricia Laborde
EDITORA RESPONSABLE: Sandra Pérez Morales
DIAGRAMACIÓN Y FORMACIÓN: Lorena Lucio Rodríguez y
   Marcela Estrada Cantú
ILUSTRACIONES: Yadhira Corichi

PRIMERA EDICIÓN: 2001
TERCERA EDICIÓN: 2003
PRIMERA REIMPRESIÓN: 2005

Elisa escuchaba el canto de las ballenas

© 2001, Rubén Hernández Flores

D.R. © 2001, Ediciones Castillo, S.A. de C.V.
   Av. Morelos 64, Col. Juárez,
   C.P. 06600, México, D.F.
   Tel.: (55) 5128-1350
   Fax: (55) 5535-0656

   Priv. Francisco L. Rocha 7, Col. San Jerónimo
   C.P. 64630, Monterrey, N.L., México
   Tel.: (81) 8389-0900
   Fax: (81) 8333-2804

Ediciones Castillo forma parte del Grupo Editorial Macmillan

info@edicionescastillo.com
www.edicionescastillo.com
Lada sin costo: 01 800 536-1777

Miembro de la Cámara Nacional
de la Industria Editorial Mexicana
Registro núm. 3304

ISBN: 970-20-0141-2

Impreso en México/ *Printed in Mexico*

Para:
Cristian, Iván
y Adriana; y también
para sus primos
Fernanda y Efrén.

En Puerto Cangrejo, un pueblo
ubicado frente al mar de Cortés, vivía
una niña llamada Elisa. Ella era la hija
de un pescador que todos los días se
embarcaba junto con otros hombres y
pescaban muchos peces en alta mar.

El mar de Cortés era un sitio muy
agradable, a la gente jamás le había
faltado nada, y todo gracias al mar.
Por las mañanas era un enorme espejo
color limón y por las tardes se
manchaba de colores como una

gigantesca alfombra bordada. Ese mar era el más bonito de todos. Mucha gente del puerto había estado en otros mares del rumbo, pero ninguno era tan vistoso y azul como el suyo.

Además, el mar de Cortés tenía un tesoro que no tenían los otros mares, y era que unos enormes mamíferos relucientes llegaban año con año para pasar unas hermosas vacaciones en esas aguas. Así que los habitantes de Puerto Cangrejo, además de felices, eran afortunados, porque tenían a su alcance un espectáculo que no podía presenciarse en ninguna parte del mundo.

Así era el lugar donde vivía Elisa. Ella tenía además de sus padres a unos amigos, otros niños de su edad, con quienes jugaba todos los días. El sitio favorito para jugar era la inmensa playa de arena blanca. Desde ahí podían sentir la brisa marina y mirar a sus padres embarcarse, para irse a pescar mar adentro. También era muy bonito verlos regresar por las tardes con unos pescados brillantes como la

plata. Los almuerzos eran muy
nutritivos, por eso Elisa y sus amigos
podían correr felices por esa playa y
hacer gigantescos castillos de arena.
Los castillos eran tan grandes que
podían verse desde muy lejos, y eso
les servía a todos los pescadores para
orientarse. Decían:

—Ahí están los castillos de arena,
allá está Puerto Cangrejo.

Por eso los pescadores nunca se
perdían ya que si alguna vez se
desorientaban, sólo miraban hacia

donde estaban las torres de los castillos y llegaban de nuevo a casa.

Elisa y sus amigos sabían que de esta manera también ayudaban a sus padres, por eso nunca dejaban de construir castillos, porque eran muy útiles además de que se veían muy bonitos.

En ese tiempo, alguien dijo que hacía mucha falta construir un faro para que todos los barcos pudieran distinguir a Puerto Cangrejo de noche. Hasta entonces nadie tenía noticias de que alguien se hubiese perdido en el mar por no poder orientarse, pero

como esa idea era benéfica para todos, acordaron construir un faro que en la punta tuviera una luz blanca y brillante, para que todos los barcos, al ver la estrella en el horizonte, llegaran fácilmente a Puerto Cangrejo.

Pero construir un faro no era cosa fácil. Había que juntar mucho dinero para lograrlo, por ello todos los habitantes, incluyendo los niños, propusieron ideas para obtenerlo.

La idea de Elisa era muy atractiva. Ella dijo que si pintaban de colores todas las piedras que había junto a la playa, la gente vendría a verlas y pagaría por ello, y con ese dinero construirían el faro. Todos aplaudieron la buena idea y salieron a pintar las piedras del puerto con colores muy alegres. Elisa y sus amigos pintaron de color azul una enorme piedra con forma de pez, pero al terminar de pintarla, ésta, que ya era un pez, empezó a moverse con impaciencia y se fue derechito al mar. Elisa y sus amigos quedaron muy asombrados, pero no se desanimaron

y escogieron otra piedra muy grande
con forma de pulpo y la pintaron de
color verde, le pusieron unas
manchitas muy bonitas y unos ojitos
brillantes, y otra vez sucedió lo
mismo: el pulpo empezó a moverse,
agitó cada uno de sus bracitos y corrió
al mar a esconderse. Esto ya no le

estaba gustando a Elisa y a sus
amigos, porque ya habían perdido dos
grandes piedras y todavía no tenían
ninguna piedra de colores. Entonces, a
Elisa se le ocurrió otra idea, decidió
pintar la siguiente piedra con la forma
de un animal distinto, un animal que
ya no fuera marino, y pintaron de
blanco una piedra muy alargada y le
dieron la forma de una gaviota. Pero

otra vez sucedió lo mismo: la gaviota
agitó sus alas, empezó a volar y se
perdió en el cielo infinito. Elisa y sus
amigos estaban muy angustiados
porque todas las piedras que pintaban
escapaban de la playa. Entonces se
asomó entre las olas el pez azul que
ellos habían pintado y le preguntaron:

—¿Por qué todas las piedras que
pintamos se van de la playa?

Y el pez azul les dijo:

—Es que ustedes nos pintan tan bonito, que no podemos hacer otra cosa que lucir nuestra pintura con otros animales.

Elisa le preguntó:

—¿Y si pintamos las piedras enormes con menos color ya no se van a ir de la playa?

Y el pez azul le respondió:

—Yo creo que no.

Elisa, quien era muy lista, vio que todavía quedaban muchas piedras por pintar, y repartió una a cada uno de sus amigos, así acabarían más pronto. Les dijo que pintaran las piedras con colores opacos y que ya no les pusieran ojitos, ni patitas, ni aletas, ni alas, para que no se fueran. Así lo hicieron, y cuando terminaron se dieron cuenta de que las piedras estaban tristes, porque no tenían con qué comunicarse con los niños, no tenían una boca para hablar y tampoco podían reír, y como no tenían ojitos para ver tampoco podían llorar, y eso que estaban tristes, muy tristes. Entonces a Elisa y a sus amigos se les ablandó el corazón y se animaron a pintar las piedras con los colores más bonitos que tenían, y les pusieron ojitos, patas, colas, alas, escamas y boquitas, y al terminar su trabajo, todas las piedras empezaron a moverse y a escapar de la playa.

Primero salió corriendo un caballo, seguido de un hipopótamo muy gordo que hacía temblar a la playa

entera, luego voló una golondrina, y se arrastró por la arena una estrella de mar seguida de un hipocampo. Cuando la gente del puerto vio que todas las piedras huían también ellos escaparon a esconderse a sus casas. Sólo Elisa y sus amigos permanecieron sonrientes en la playa.

La gente de Puerto Cangrejo se dio cuenta de que el plan no había

funcionado, porque las piedras pintadas por los niños habían escapado y ahora la playa casi estaba desierta. Y propusieron un nuevo plan para juntar dinero y construir el grandioso faro que guiaría a todos los barcos todas las noches.

Otra vez Elisa tuvo una buena idea, y dijo:

—Llenemos todo el pueblo de flores y el perfume será llevado hacia el mar, entonces la gente vendrá de todas partes para oler al pueblo y nosotros le cobraremos por ello.

Todos aplaudieron porque era una buena idea. Y entonces salieron al campo en busca de flores. Encontraron flores de muchos colores, algunas de pétalos grandes y otras de pétalos diminutos, pero todas olían muy bien. Así, poco a poco, fueron llenando las calles y las casas de flores, y entre más flores llevaban, más agradable e intenso era el aroma. Elisa y sus amigos encontraron al gordo hipopótamo que habían pintado nadando muy alegre en una laguna, y

le pidieron que los ayudara a llevar un
gran cargamento de flores. El
hipopótamo aceptó con gusto; poco
después entraban al pueblo con un
canasto repleto de flores muy lindas
que colocaron en el centro de la plaza.

El plan parecía estar funcionando,
porque el aroma fue llevado al mar
y poco después empezó a llegar
mucha gente ansiosa por estar en ese

sitio tan perfumado. Sin embargo,
también fueron atraídas por el aroma
muchas abejas que querían beber el
dulce de las flores, las abejas
asustaron a la gente y ésta se fue.
Otra vez el plan de Elisa había fallado.

Aquella noche, Elisa estaba muy
triste, porque no había manera de

juntar el dinero para construir el faro que guiaría de noche a los navegantes. Ella miraba el mar desde su ventana, veía las estrellas y de pronto se imaginó lo fácil que sería armar un faro cubierto de estrellas, éste se vería desde muy lejos y no tendrían que pagar un centavo en su construcción. Y así, soñando con ese faro se fue quedando dormida. Pero esa noche tuvo un sueño grandioso que cambiaría la vida de todos en Puerto Cangrejo: ella soñó que al mar de Cortés llegaban muchas, pero muchas ballenas, y eran tantas que cubrían por completo el mar, y la gente podía caminar sobre ellas como si lo hiciera sobre piedras enormes y vivas. En el sueño la gente era feliz y los turistas llegaban de todas partes del mundo a ver el espectáculo de aquellos mansos y amables cetáceos que se dejaban explorar por los niños y por los papás de los niños. Vio que los pescadores instalaban merenderos en las ballenas que decidían dormir por largo rato, la gente comía en aquellos restaurantes

maravillosos. Todos se tomaban
fotografías y por las noches bailaban y
encendían fogatas en la playa
mientras las ballenas se movían
también a ritmo de aquella música
que las ponía felices y después las
dormía. Éste fue el sueño que tuvo
Elisa.

Por la mañana, Elisa salió feliz de su
casa y les dijo a todos que pronto
llegarían muchísimas ballenas a
Puerto Cangrejo y que la gente

pagaría para ver esa maravilla de océano. Todos en el pueblo se preguntaron si Elisa había enloquecido, porque nunca habían llegado tantas ballenas juntas, mucho menos en aquella época del año en la que no era común observar ningún cetáceo perdido.

Pero los hombres quisieron creer nuevamente en Elisa y con muchos barcos salieron a mar abierto en busca de alguna señal que les indicara que las ballenas ya estaban cerca. Sin embargo, a pesar de que vieron con unos enormes catalejos todo el

horizonte del mar de Cortés, no pudieron hallar ninguna ballena grande o pequeña que nadara feliz en aquellas aguas azules.

La búsqueda fue minuciosa: no hubo espacio en el mar que no recorrieran, no hubo playa que no visitaran, ni pequeños islotes donde no pusieran campamentos marinos o puestos de vigilancia para detectar a cualquier ballena.

En Puerto Cangrejo, Elisa y sus amigos estaban también alertas, ellos sabían que en cualquier momento todas las ballenas del sueño llegarían como un ejército de burbujas, y para darles la bienvenida decidieron hacer una enorme ballena de arena que sería como un saludo del puerto para aquellos buenos amigos. Para esto, empezaron a juntar en un sitio de la playa toda la arena posible y a darle forma de una blanca ballena feliz. Era muy bonita. La gente del puerto se entusiasmó tanto que también quiso colaborar en aquella misión infantil, así que la ballena fue creciendo y

creciendo y ya era tan grande que los hombres que permanecían en los islotes creyeron que al fin habían arribado las ballenas. Les pareció ver que efectivamente la gigante ballena blanca de la playa se movía y comandaba una enorme legión de cetáceos blancos. Y les costó mucho trabajo darse cuenta que no era una ballena viva, sino una ballena de arena blanca, dormida en la playa, junto al océano.

Cuando la ballena de arena fue terminada, la gente de Puerto Cangrejo estaba feliz. Todos supieron que algo grande sucedería y se fueron a dormir muy satisfechos, seguros de que muy pronto muchas ballenas inundarían el mar con sus enormes cuerpos brillantes.

El primer grito de la mañana fue:

—¡Llegaron las ballenas!

Y todos en Puerto Cangrejo fueron a la playa junto a la enorme ballena de arena para darles la bienvenida a las grandes ballenas visitantes. Y era cierto, tal como el sueño de Elisa lo

había pronosticado: venían
muchísimas ballenas juntas, formando
un grupo enorme, como burbujas de
vidrio gris. La gente estaba feliz,
porque el mar hervía con aquellos
cetáceos visitantes y la noticia había
corrido tan rápido que ya los turistas

estaban llegando para conocer de cerca tan hermoso fenómeno acuático.

Como las ballenas no estaban tan cerca de la playa había que llevar a los turistas en lanchas mar adentro, para que pudieran verlas de cerca. Todo parecía estar funcionando bien. La gente del puerto cobraba por ver a las ballenas y los turistas llegaban en grandes grupos.

Pero algo raro empezó a ocurrir. De pronto las ballenas parecían acercarse

cada vez más a la playa, eso
beneficiaba mucho a la gente, porque
ya no había necesidad de surcar el
mar para verlas, sino que bastaba con
sentarse en la playa para disfrutar de
aquel espectáculo natural. Pero las
ballenas se acercaron más y más a la
playa hasta que salieron del agua y se
quedaron varadas entre la arena. La
gente estaba sorprendida de que todos
los grandes cetáceos hubiesen optado
por descansar como bañistas sobre la
playa. Podían tocarlos y tomarse
fotografías junto a sus ojos o subirse a
ellos y correr, como se corre sobre una

isla recién nacida. Sin embargo, Elisa, quien había presenciado todo desde el inicio, se dio cuenta de que todo aquello estaba muy mal, se acercó a la ballena más pequeña que había, un ballenato que descansaba como dormido junto a su madre, y le preguntó por qué habían salido todos al mismo tiempo del mar, el ballenato le dijo:

—No sé, yo seguí a mi madre, ella siguió a otra ballena, esa ballena a otra, ésa otra a otra y así seguimos de frente hasta que se nos acabó el mar. Así salimos del agua.

Elisa volvió a preguntarle:

—¿Y te sientes bien? ¿Estás feliz aquí afuera?

El ballenato le respondió:

—No, no me siento bien, yo quisiera estar en el mar.

Elisa un poco asustada volvió a preguntarle:

—Si te sientes mal, ¿por qué no regresas?

Y el ballenato le dijo muy fatigado:

—Porque no puedo moverme,
ninguno de nosotros puede, somos tan
grandes que fuera del agua no hay
nada que pueda hacernos volver. Y si
no lo hacemos quizá moriremos
pronto.

Esta confesión asustó tanto a Elisa
que de inmediato se lo dijo a toda la
gente. Hubo alarma general y todos
intentaron regresar las ballenas al
agua. Pero realmente eran pesadas,
muy pesadas, y aunque muchos

hombres empujaban juntos, no
lograban moverlas. La gente de Puerto
Cangrejo estaba muy preocupada,
porque las ballenas se veían ya
un poco enfermas y el agua sólo les
tocaba la cola. Además eran muchos
cetáceos juntos, muchísimos, más
de cincuenta, la playa se veía muy
bonita así, llena de aquellos animales,
pero sabiendo el enorme peligro de
su salud, el espectáculo ya no era
tan hermoso.

Los hombres decidieron regresar al
agua a la ballena más pequeña, así
que entre todos empujaron al
ballenato hacia el mar y lo jalaron con

una lancha de remos, pero fue imposible, aunque el ballenato era pequeño pesaba tanto como una ballena grande. Elisa estaba muy triste, ella y sus amigos trataban de colaborar con el rescate de las ballenas y hacerlas volver al mar, pero nada solucionaba el problema, y aunque les hablaba del peligro que corrían si permanecían más tiempo fuera del agua era imposible que los pesados cetáceos se movieran. Sólo algo muy grande podía hacerlas volver al agua. Y entonces Elisa tuvo, como siempre, otra gran idea.

Ella y sus amigos vieron a la ballena de arena blanca, era enorme, muy grande, tan grande como cincuenta ballenas juntas. Entonces fueron por sus pinturas y empezaron a colorearla.

Cada uno de sus amigos se hizo cargo de una sección del cuerpo de la ballena y en poco tiempo pudieron

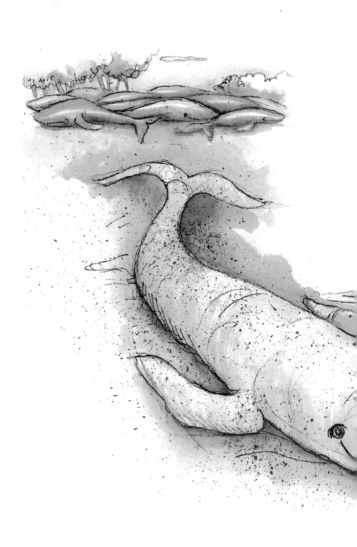

ver su gran obra terminada: estaba tan bonita y se veía tan bien, que ya sólo le faltaba moverse. De repente, al igual que los otros animales que habían pintado, la enorme ballena de arena empezó a moverse, a cerrar y a abrir los ojos, a sonreír y a agitarse ligera en la playa y lo primero que hizo al despegarse del suelo fue deslizarse al agua. Al principio, la gente no comprendía la intención de

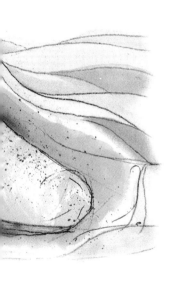

los niños con la gran ballena de arena, pero lo entendieron muy bien después. Elisa les dijo que la ballena de arena jalaría a todas las ballenas mar adentro, y de esa manera se salvarían.

La gente comprendió el fantástico plan de la niña y ataron

cables en cada una de las colas de las
ballenas, luego juntaron todos los
cables y los amarraron con un gran
nudo en la gigante cola de la ballena
de arena, ésta empezó a jalar mar
adentro y lentamente todos los
cetáceos se deslizaron por la playa,
hasta que se vieron cubiertos por las
olas y por fin, al estar otra vez en el
agua, volvieron a nadar felices en el
bellísimo mar de Cortés. La gente

estaba contenta, el plan de Elisa había sido exitoso, había salvado a las ballenas y además, para su sorpresa, había juntado el dinero necesario para construir el gran faro del puerto.

Así, se pudo construir el enorme faro que indicaba el sitio de Puerto Cangrejo, y todas las noches los barcos navegaban sin ningún temor a perderse.

Las ballenas empezaron a visitar a los niños todos los años, pero ya no se acercaban mucho a la playa. La gran ballena de arena blanca era una de las primeras en regresar y se sabía que había llegado porque entonaba un hermoso canto cetáceo.

Elisa la escuchaba feliz observando el mar desde la puerta de su casa, la ballena, desde lejos, la saludaba y la niña sonreía mientras miraba cómo el mar se llenaba de brillantes burbujas grises.

Impreso en los talleres de
Compañía Editorial Ultra, S.A. de C.V.
Centeno 162, local 2, Col. Granjas Esmeralda,
C.P. 09810, México, D.F.
Junio de 2005